歌う人

UTAUHITO

平田詩織

思潮社

歌う人　平田詩織

春

眩 み

夢くぐり

倒れるたび

迷い出る闇の中で

少年のすがたを抱いた

あなたの声を思っている

どんなに近くても会えない

つづらに折れた道ですれ違う人

どこへ行くのかあんなに悲しげな

もう人を離れてしまう顔をした人は

かすかな耳鳴りの息を残し離れていった

ひくく刷かれた音のうえに光は落ちてながれ

ながれだす眩しさにやがて誰の顔も見えなくなる

雷鳴に呼ばれて落ちる青白いまなざしを切り裂くとき

あなたへ降りてゆくためのながい階段があらわれてくる

どれくらい降りればあなたの心はこたえられるのだろうか

光の

声を宿し

この息をむすぶ

春をわたる翼のひと

ためらいがちにひらかれた瞼にうつるあなたは月よりも穴
のような日だまりにちかくいっそう深まりゆく翳に住む
ことで影をまとうそのすがたを誰にもわからなくする
わたしはもっと遠くまで切り裂いてゆかなければ
なつかしいにおいのするあの暗闇にまぎれて
息を弾ませ見えなくなるまで降りてゆく
はやまる景色をここへ呼び寄せたら
誰のための陰画となるのだろう
修羅からくる光を想像させる
遠くのまぼろしは虹の色の
もう会うことのない人だ
あなたにとても似た
夢の中をさまよう
ものいわぬ
美しい
人の
影

やさしいくるしみが
宿るやさしい目
その光に
ふれ

I

春默し

ここでいま
親しく生まれ
語りだされてゆく言葉は
冷えた春のほとりへと開いては
いっせいに沈黙する
息が止まるほどの近く
ゆらいだ花の湖面にうつる
はるかな昨日の廃線上を
知らぬ間に走りだしていた列車
きしむその窓から身を乗り出すたび
わたしたちは歌になり

一瞬の景色へと流れてゆく
降りしきるまぼろしの季節
霞んでゆく山なみを見つめて
ねむるように
いつか
影法師たちの通りすぎた
暗い真昼へと
あなたはひとり降りたのだったか
凪の野原のまんなかで
空耳の根に身をかがめ
ぬるい泥だまりに手を差し入れる
花々の碑銘はせつなく耳打たれ
両の手で掬いあげたものをゆらしては
水面をわたり
もうすこしで
まぶしい名前をことづてる
光の使者としてここへ来るだろう

＊

押し込められた明け方のにおいに揺り起こされ
わたしたちは遠い夕べに旅をはじめた
ながく降りつづいた雨に引かれるまま
しだいに細くなる街道をくぐりぬけ
見えない海の
足を曳く潮の音を
伏せた瞼に籠らせているあなたの隣で
なにも考えることはない
考えてはいけない
午後の日差しが腕をかたむけて
なだらかな稜線へと視線をすべらせるころ
時の砂丘にたどりつく
わたしたちはどこからやって来た者であったのか

見つからない出口の前に立っていると
だれかの残像になっていることがある
あなたはささやく
わたしたちの春は暗く
その歩みも知覚できないほどに遅い
それでもどこか遠くから近付いてくる幽かな気配を
振動する空気とわずかばかりのにおいの中に感じ
空の模様
海の模様を
一枚のタペストリーとして
わたしたちは留め置こうとする

＊

木蓮だろうか辛夷だろうか、どちらでもないのだろうか、近付いて
見上げる背の高い木の枝の下、わたしたちは呼びあう（流れだす花
のにおいに呼ばれ）たがいの名をここにとじこめるように（これは

どの岸から寄せてくる波、葉のゆれる音）はらはらといつまでも落ちてこの時間を永いものにする無数の花弁（銀色のこの木が）無限に降らせている静かなしずかな花のまばたき（りんりんと明滅する青く）深まる沈黙をつめたい手足でほら、またここで見送るこれは何度目のことだろう、今日は少しだけ怖いね。今日という日の不思議が。言葉よりも早くこの夜にあらわれるとき（ひらめいた）なにかを思い出してゆっくりと歪みはじめるあなたの唇に（もうすこしだけ黙っていて、どうか）みちびかれた木造の長い駅舎、身を寄せあい見送った列車の座席で花のいとなみを抱いて眠るわたしたちは（走り去る）これはあなたが見ているまだ知ることのない一冊の、約束の風にひらかれてゆく季節の頁か（ひとひらの）たくされていた青い文字がそのてのひらにこぼれてはうつしだす（あおい声）わたしはおぼえている、なにをおぼえているのか（だれの声）なぞるたびににじんでゆく景色を追い（歌う休符）音もなく鳴り響く春雷があなたの輪郭を描きだしては落ちてゆく（おぼえているぬくもりに）風のようにふれてその指先をふるえさせるものはなにか、あなたの唇のうえ、はじまりの言葉に降りてきたものはなんだったのか（生まれてきたこの不思議に名をつけて）言ってくださいいま、この瞬間にだけくりかえす、名指すことのできない祈りのありかを（唇の前に立てたひとさし指で）もういちどはじめからあなたにたどってほしい、できない（語ることなど）とざされていた身体の螺旋をかけあがる後ろ姿は（あかるむ水脈をたどり）ひとりでにはじまってゆくだれも（たどりつけなかった）ふるい、いやあたらしい物語をひらいてゆく（あなたの名を含む）遠景にみえかくれしているやわらかな横顔をたどり（そんなふうに語ってはいけない）日だまりを逸れ歩いてきた名付けようのないわたしたちの春をたくす場所、ささやきあう陰画の隅からいっせいに咲く花のにおいに思い出されてゆくゆらめきたつ道、ようやくたどりついた記憶の果てからすべりだす人影が（ふりかえるその仕草）さらにそのむこうへ、むこう岸へとわたしたちは歩いてゆく心のままに描きつづけたはじまりの場所まで来ただろうか、ここは、だれかがせつなくひとを呼ぶ声が高く高く響く、あの声はなに、未生の声をやどしているのはだれなのだろう、ひとりでに立ちのぼる言葉のかたちをささえるようにわたしたちはもういちど手を伸ばす、目を覚ます（語ることなどできる

はずない）いま静かに降りる光の腕に（ここでもういちど）だきし
められるとき、
ひとりだった、ずっと、
そう声なくつぶやくひとの声を伝えるためにここは
いっそう暗く
花々の白い息は影の姿でひとしくひそめられていた
声の中に生まれだす前にだれかを
呼ぶ、呼んでいる、どこかで
ふいにわたしの唇をかすめていったあなたの、
あなたのまなざしはこの花の名に似ていたのかもしれない
考えない、考えてはいない
考えることからとおく、とおのいて
引き寄せられ、抱きすくめられる
その強さの中でわたしは
遠い安息の日を遊んでいる

＊

あなたは、
あなたはやって来る
牧神のような姿をして
わたしに語りかける
（まぼろしの声、まぼろしの言葉）
まぼろしの駅にたずねかえす
わたしたちが旅してきた時のゆくえを
指し示す
春の野に
沈められてゆく景色
そこからあなたはなにを掬いあげるのだろう。
わたしの手で。わたしは手を差し出している。
ひらかれる木々の記憶、
ながい雨の幕を押しあげて
しだいに鮮やかになる雲の畝を

わたしたちは旅のはじめのようにわたろうとする
なつかしくたどられてゆく言葉の中で
はぐれては呼びかえされ
ふたたび歩きだしてゆくわたしたち
山から山へ継がれてゆく
群青の明け暮れに
目覚めるための夢のにおいをかいだ気がした、
たえまなくうしなわれ
生まれ変わるものたちの名を思い
ひらかれてゆくその両手、まなざし、
そこここで
咲きこぼれる日々に
わたしたちは見つけだされてゆく——

記憶の地平が衣を脱ぎ捨ててゆっくりと身を起こすとき
わたしたちは抱えてきた荷をほどき

落とされた光をいっしんに浴びている
あたたかくそれぞれのかたちをうしない
ゆるされた語らいの影に含まれながら
いまようやく
わたしたちの旅を終える
とおくその輪郭を浮かびあがらせる
囀みの森の午後、
わたしはあなたの手に追いついては
おなじように握りかえす、
指先からぬくもりを伝えあうわたしたちは
だれからも見えない光の彼方へと帰ってゆくだろう
ふりかえる、
満ちてゆく影の日
はるかな高みから受けとり
まぶしく伏せていった言葉の数々を
わたしたちの季節はもういちど迎え入れようとしている

貝のために

（うすあおと
うすみどりがながれている）

大切なものを手渡してから
ここからはもう出会えなくなったひとが
いつまでもゆられていた
あのちいさな舟のゆくえ
午睡にひらかれた窓からは
宛名のない手紙が幾片も舞い込み
だれもいない画布に影を落としては
なつかしいかたちをつくる

たえまなく身を攫う白い泡の素描
（わたしたちのことばのかたち）
耳飾りに繋留した
透けてゆく水の譜を
ここで鳴らせ、
流れる空の静脈のうえに
いまもアルファルドの椅子が見える
ここからは

（ここからは、ゆうぐれ
　ここからは、影）

呼吸するたびに血を流す
輪郭のない
ちいさな熱のゆりかご
ゆれるそのかたわらを
失語した予言者が影の身で横切る

去ってゆく時の速度に
顔をしかめて
立ち止まるものみな
撒き散らされた記憶の修辞に暗み
過ぎてしまうことさえもとおくふりきれば
なだれる空白が撃ち落とす紙の鳥
撃ち落とされてゆくわたしたちの身体――

（まどろむ地形をたどり
　呼ばれた名を思い出そうとして）

夜明けまえに
消えてゆく寺院
群青の壁に額をあずけて
耳許で翻る誕生の合図は
だれに呼ばれここへきたのか
生きているものたちのかたちに沿い

泣き声は夏のようにゆらめきたつ
このささやかな丘に立ち
見渡すすべてはそこにあるままに
ここからは見えないものとなるだろう
毀れる時のうえを流れるように往き
ふるえながら点描する
たずさえて歩くことも
置き去りにすることもかなわない波の庭

（ここで貝が鳴る、
　貝が泣いている）

幾度も
そのときがきて
あなたはこの空の色に消失しつづけるのだと
鳥の目で思った
悲しみだけが深く目覚めている

わたしたちの風景と呼べるものは
夢の浅瀬で青い影を踏んで
閉じたドームの中をさまようばかりだ
描かれた宙の瞼が瞬くたび
あなたのかたちはすべり落ちて
いま
そんなふうにしか
この不在にはたえられない

(目をつむるたび、まなざし
目をひらくたび、遠ざかる)

ゆっくりと
終わってゆく春の座標は
やがて対の曲線を描きはじめる
綴じ合わされたまま
ひらかれることなく

睡りの波形へと静かに押し出されてゆく
（わたしたちのなきがらのようなことば）
もう呼ぶこともない
あの名前だけが
ふいにくちびるの岸によせ
紛れてゆく音の気配に
耳を寄せるひとのせつない仕草を思い出す
（言えることばをさがしていた）
こころをあふれて落ちるものに
遠くでだれかが応えている
ふしぎな和音の光る内部へと
身体は白く暮れてゆき

（たえまなく
耳の奥にこだまするあの声とともに）

ただ、ただ感じている
ここに在るのだということを
もうだれの目にもうつらない
あなたの目の奥にのこる
ひと刷きの濁りによろめきながら
（こうして瞬くことの永さよ）
寒さと眠気が導いてゆく
夜明けまでの宿りへと
いつしか歩きはじめている
むこう岸にあかるい踊り場が見え
焚き火を飛び越えて遊ぶ子どもたちに混じって
わたしの影がそっとうごいていた

（ひとつの空白が奏でられていたここから
はりめぐらされた暗渠はどこへつづくか）

とおざかる

親しいものたちの影が
静かにのどを燃やしてゆく
いまこの瞬間にも
あなたとわたしの見たものが
こうして名付けられてしまうのならば
あなたが暗闇と怖れるものさえ
わたしは見たいと叫ぶだろう
（そしてひとり目をひらくだろう）
伏せられてゆくほの白い瞼を
拾い集めた光で満たす
この指先から
祈りのように落とされるため息で
わたしたちの記憶が息をふきかえすことを
ふりかえる道のどこかで
いつか
（希った

me la to n

冷たい潮騒の祝福に
目をあげるとき
睡りの裾を波の綾がぬらし
かたちなく打ち上げられたものが
足裏でちいさな音をたてる
生まれかわるために燃え尽きてゆくここで
いま言葉は光のようにまぶしい
（そうわたしたちは、いつもこの次元に降りた）
光を洗う光に
かならずここで射抜かれてゆく
届くはずのない声に導かれ
わたしたちは
みずからの名を思い出したように転調するだろう

避けようもなく
翳ってゆく祈りの場所
寄りそうことをゆるされて
ぬくもりに盲いてゆく
やがて新しく描きだされるすべてのものに
わたしたちの静かな闇が希われるときまで

花火

瞼のうえに
かすれた枝葉の影がゆれる
祈れ、と
閉ざされて落ちる
夏の扉
落ちるもの、その影のなか
昏い域をたゆたう
あれは
暑い日盛りの
うたたねの淵に住む
わたしたちからのなつかしい手紙なのか

あるいは

褪せた追憶の手で
目深な帽子を押し上げると
まなざしは奥へ
奥へと
これはいったい
だれの祈りの場所なのか
たえまなく離れてゆくような
爆ぜるような
ともに歩いた炎天の残響だけが
地上にささやきかけるのを見て
驚いた顔で手を伸ばすとき
泣きぬれた空がとつぜんいう
魂は一息につらぬいて落ちていったと

こうもりたちが
藤棚の頭上を落ちるようによぎるころ
季節の軸にはぐれた
ひときわ青い声が
空の破れ目から走りだし
星々の斜影を追い抜いてゆく
ひらめく背には
かすかな翅脈がはしり
あれはそう
墜落してゆく骨格を
逆さまにかけのぼっていった
みずみずしい羽音のまま落ちて
どこまでも落ちて
ここへ留まるものすべてを
まっすぐに裂いて
そしてつないでゆく光の半双

（火をはらむきんいろ
もつれて
うなる雷鳴の半音は
　中空に立往生する

夕立の波紋をやわらかくきしませながら
逢魔のふちどりを走り去る列車
朽ちかけの窓に映り込んだ
夏の伴奏はやむことなく
はらはらと
葦原をたわみ
ひとつ、またひとつ
透きとおる手で扉を開けてまわる
幾重にも羽音をまとう少年の姿が
背の高い草々の波間にゆれて
瞬間のまなざしが来意を告げる
照らされてさんざめく

生きものたちのカノンで
みわたすかぎりに誕生の予感が目覚めてゆく

この夜を走ってわたる
光の粒の眩しさ
はなたれる全霊の産声を
身体の地図が感受している
すみずみまで澄んでゆく営みの音を聴け
つよく抱き交わす熱とともに
変化してゆくものたちの火花に
ひとつ遅れ
ひとつ追いつき
轟くあたらしい時の幕に
くるおしい残像をきざみつけてゆく
激しい雨に降りこめられて
浮かび上がる陰影に打たれるたび
ちぎれては寄り添い

未生の星に触れるわたしたち
はるかな場所で燃えていたあのさびしさに
いつか、いつまでも呼ばれていたのだ
わたしたちの言葉は

まぶしい裂傷を抱いて
いつの間に通り過ぎたのか
山あいのひくい雲は
鳥たちにうながされ
稜線をゆるやかにほどいては
空の瞼をわたってゆき
時の運指をこぼれた文字だけが
寄る辺ない引力でここへ届いて
静かな顔のまま破れ去っていった
見上げるわたしたちの
それぞれの目に

もう行方を問うことのない
魂の岸辺をうつして

木漏れ日の立つ
その向こう側に
自然が膨らんでゆく音を
わたしたちは夜明けのように聴いた
扉を閉ざす者は
もういない
雨が降り抜いていったあかるい晴れ間に
ゆっくりと鎮まる一夜がかなたまで透けて
わたしたちのちいさな裸身に呼応する
この空の鼓動は想像をこえる、

思いをその目に受胎して
軽やかに落下してゆく
痛むほどあざやかな起滅のまぼろし

そのかたわらで
打ち寄せた歓喜を鳴らすように
いのちを投げかける光の群舞
残された背の重力が砕けてゆく

この目を細めて見つめる
深すぎる無力のはてに
わたしたちは信頼の手を取るだろう
夏の夜明けまえ
たくされた風景のすべてがいま
いっしんに瞬いている

春子

あなたとわたしは
これから出会うだろう
このように
数々の物語の出口
旅の終わりに

記憶にもないものを
呼び覚まそうとする
待ちわびていたなにかの予感
染みわたるせつなさによって
満たされて泣いている

ちいさなわたしが
そのときすでに
約束していたこと

幾度となく春は過ぎる
消えかかる
練成の季節
断裁の羽音が飛び交っている
行きどまりの小部屋
片隅にひとり立つ心細さをだきかかえたまま
わたしは作業する
眠りに近づいてゆくひとの
かすかな呼吸をまねているのか
迷い込んできた足音がこの部屋の隅で
いっそう静かに闇へ紛れてゆくのに気付いている
一度完結した言葉を分かち

積み重ね（ながれ）
燃やし（なだれ）
つぎ合わせ（ながれて）
その途中
触れることを拒む者と目が合った
彼らの放つ光に眩み
倒れる。

——あなたが胸を貫かれ
　百枚の葉のうえに倒れる
　（いっせいに稲穂がゆれ）
金色の残像が折り重なったまま視界を覆いつくしてしまう
見ようとするたびに距離を間違えるわたしは
きっとあなたのことを語ってしまおうと思っている
きんいろの
　（あなたにかくされた）
約束された時刻

闇も光の名に包まれるとき
（あなたをかくし）
春の花束を碇のように贈ろう
心の深いところへ沈め
あなたは背の高い
金色の草叢にその後ろ姿をうずめる

（夢のように
流れる音楽
夢のうえを
わたる風のように

温んだ泥のにおいをくるぶしに残したまま
どこまでもつづく廊下を駆けていった
目の奥からにじんでくる
みおぼえのある
屋根のつくる波

のびあがる窓から
あなたが手を振るのだがまぶしくて
呼ばれているのか別れの挨拶なのかもうわからずに

一夜の丘に
花祭りの支度は吹き荒れて
親しい顔で笑いあう
四月の気配がちぎれてゆく
濡れた素足で踏む
つめたい春の辺縁
踊る閃光にみちびかれ
とりかわす器から
たくされた言葉を祈っている

次はいつ会えるだろう
風に舞い上がり

わたしたちはこうして
幼い指先をむすび
花のにおいが点々と
灯されてゆくのを見届けている

去ってゆく雨雲
のこされたやわらかな骨格のうえに
まもなく訪れる次の季節
生まれたばかりの光の瞼がまたたく
その影の自在を宿すわたしたちは
熱をひろい
永遠をひろいあげて
今朝の草叢をゆっくりとかきわける

II

両開きの瞼に棲む
私の懐かしい陰陽

いつまでもそこで
閉じているままの

言葉たちが
わたしの影を離れ
あなたはそうしていつも
不自由であることを選んでいった
わたしは立ちあがり
ひとりで降りてゆく
迷い込んでゆく

わたしを見つめる
両性の瞳の
したしい恋人の岸から
すべり
落ちて
いった

ひとり
ひとりで

わたしという名の
奈落めいたこの
うすあかりの灯る勾配を

窓

輪郭のない窓から
心を置き忘れた
真昼の校庭を眺めている
紙のまばたき
誰かがここにいない
と書いてしまおうとすると
あなたの手が伸びてきて
窪めた手のひらの中に
わたしの視界は落とされる

使い古しの言葉たちが
時刻の音叉を軋ませる
瞬間が分岐する目の奥で
あなたは言いかけた言葉を沈める
魚のいない水槽にゆれる
わたしたちの身代わりのような沈黙
誰の影を見ているのか
ガラスに映り込んでいるのは
ひとりではなく
ふたりで
いなければならなくて
わたしはあなたに並ぼうとするけれど
雨の降る廊下に
あなたはまた出て行ってしまう

呼び戻されて
あなたはひとり残っている

埃が静かに舞いつづける
薄暗い視聴覚室
暗幕の波間から顔を覗かせ
いっせいに降る時間のかけらを見届けている
わたしはそのとき
たずねるすべのない場所をめざして
静かに漕ぎ出してゆく舟の
モノクロームの姿を
追いつづけていた

深まってゆく暗がりの淵で
あなたはそっと口付けるように
消えてしまうものたちの名をくりかえす
そのなめらかな筆削を逃れようと
わたしは目を閉じて耳を塞ぐ
見慣れた風景の背後からやってくる
日暮れる色に塗りつぶされて

この不安定な領域の中で
わたしたちの指先は
もうすぐぬくもりとはぐれてしまう
それをとめることはできない
できないけれど

目を伏せるときはいつでも
わたしたちが幾度となく暗誦しあった季節を
静かに滑り落としてゆく窓が見える
その中心で
ひと文字も書かれてはいないものを
あなたはこうして消してしまう
なおも深まる闇の目にささえられながら
距離はためされようと
わたしは虫の息で
躓いたわたしを置いていった
日だまりの明度を思い出している

少しずつ明るんで
聞こえなくなってゆく
記憶の羽根が
薄氷の割れる音に音もなく落ちてゆく

頁を閉じ
心を閉じた
わたしの余白を隔てるように
光は視線をまっすぐになぞり
見えない大木を切り倒してゆく
あなたの視界の中
語りつくしたひとつの影はやがて
包んだ言葉をにじませて
ゆっくりと離れはじめる
その歪んだ重心から流れくる
眇目の気配にとまどいながら
先へつづくことのない

わたしの言葉の先にあなたはいる
わたしを閉じ込めた一篇の瞼の中に
あなたはいる

もうまもなく
閉ざされてしまう
白いまばたき
崩れ去る午後
白紙の校庭に映写する
立ちのぼるはずのないあなたのまなざしを
闇の裏側からいつまでも眺めている

鍵盤

影たちの整列に
ふたしかなものが混じる
うすらいだ音階の狭間を
盲いた音がさまよい
光にふれる指先の
歪んだ静寂をさがしている

暗譜のため息に寄せるトレモロが
音という音を置き去りにして
言葉の瞼から這い出した
そのすばやさに射抜かれて

わたしよりも先に年老いてしまった
わたしの言葉たちが
ざわざわと
ききとれないほどの声で
あなたをさがしている

残像に
たむろする猫たち
あなたとわたしに停止した
ちぢれた季節の場所で
まき散らされた会話を綴り合わせる
衰えてゆく時制の変形に
顔をしかめて
稀薄な空気をまとった亡霊が
さがしものを迎えに来る
この湖岸に吹く風は
病床の子どもを感激させるような

土地のにおいがする

ふいに鳴り響く失語の予感に
あなたの輪郭はおおわれてしまう
伏せられたままの空の下
迷いつかれた影たちは
滞りつづける時報に押し出されて
誰もいない船着場では
のこされたわたしの足音が
透明な嘔気を引き摺る

ここに
繁茂する思慕
蔓草の初夏を奏ではじめる
滲んだ休止符のあいだに
影の会話が割れて響く
誰もここへは来なかった

暗すぎる午後から
ひとり帰されて
俯いた祈りの季節へと窓を開く
まぶしい人影に惑い
あれはだれ、と
問いかける相手をさがしたまま

　さようなら、
わたしは手紙を書いたので
いつでも会いに来てください、
　いつでも……

真昼の中心へと
円を描き焼ききれてゆく
まなざしのゆくえを追いながら
踊るように
まろびあう両手の岸

もつれてここに生まれようとする
わたしの息、わたしのこの影を踏んだ影、
速度をあげなだれる旋律は
日差しの深い裂け目へと
その淵を滕り
いっそう美しいまま駆け抜けていった

その気配にこうして何度でも言葉を喪うのだろう
わたしたちは、と書いて、もう、

・・・・・・・・・・・・・・・

褪せてゆく総譜をひらき
みみ、はな、くちびる
あなたの外形をたどりながら
誰よりもつめたい指でひとり
わたしは弾く
不安に抱きすくめられたまま

もう音は降りられない、これ以上
鳴らない一音の残響は
あなたの視線の突端で
こわれるほどにはりつめる

散逸しかかる息のあいだで
めぐるはずだった時刻を吹き消して
やがて果物のにおいのように
音楽が流れはじめる
壊れて、欠けた音の中で
いつかわたしたちも消えてしまった
どんな風景よりも親しくある
奏でられないものたちの半音階
摺り足の音符、
言葉のない指に籠るかなしさ

光の家

ソイ　アナ…
ソイ　アナ…

＊

どこまでもつづく稲の海に見え隠れしているわたしたちの影
すばやい雲がやってくるたび、手をつないだり離したりする
わたしたちの声は流れる風に溶けて
よくきこえない、きこえないのだが、
このなつかしい道で、わたしたちはとても親しく
泣き出しそうなほど近くにいる――

ゆれる葉陰から
わたしを呼ぶ光の家
くずおれてゆく陰画の中で
いつまでも眠っている
耳をすませると
やわらかな寝息がきこえる
時のない午後
しまい忘れた季節のベールが
だれかの輪郭をなぞるようになびいている
春の風があまく
蜜蜂の森から吹く
慕わしいにおいに押されて
雨上がりの山道には
気まぐれな光が
音楽のように
落ちる

彼が欲しがっていた家族のにおいを閉じ込めて眠るこの家に
あなたとふたりで訪れる
（うつむきがちのひたいに　くちづけるように）
迷い込んでゆく。うしなわれたものたちの
（はるかな時刻へと）
呼びかければ影を抱く廃れた屋根に
（みつめていた　あの　ふるびた格子窓からひとり）
どこにもない、土地の名前へと

迷い込んでいった。

夏至を過ぎると、数日のあいだかならず曇りがちになる空のさらに高いところになにものかのおおいなる骨格が静止している。それを見つめるだけの間延びした昼さがり、長い休暇は気怠げな猫の背を数えるうちに過ぎてゆく薄めるだけ薄めたかたちのない退屈、のし

かかるわたしの、見覚えのある仕草をくりかえす夢のつづき食べ残
して溶けた氷菓子の浅瀬で溺れかけているわたしの、
風に溶ける
しめったあせのにおい、
右の耳が正午の時報を拾う、逃げ水のむこうにゆうらりと立ちのぼ
る遠景をすり抜けてゆくその音を追えばやがてたまご色をした一日
を木の匙ですくい目を細め口に含む幼年が見えてくる。
おさない骨のにおい、
一度だけ遊びの途中でもぐりこんだ土蔵を思い出させる、日差しの
届かないねむる埃の息だけが充満していたあのきゅうくつな、動か
ない桐箱の隙間に隠れていたまばたきをするのも忘れてはやく見つ
けてほしい、となりで彼がすこし笑う、湿った息が鼻先を削いで目
の前がもっとはっきりと暗くなる。もうここにはいられない。太陽
を待っているあいだに崩れるように眠った。

(倒れるためにたおれて　衰えてゆく時刻に迷い出る)

海よりもむしろ山に近い平野だが、かすかに潮のにおいがする。かすか、というのは正しくない、松林の鳴る音が聞こえるほど濃いにおいなので。

ぼろぼろと崩れやすい石造りの門柱をくぐる。開かれたままだれも訪れなくなった玄関の前になつかしい光が差している、その日だまりの内側に含まれるように屋内へと招き入れられる、窓という窓から光が差し込みこの家の廊下はあまりにもあかるい、翳のない板目を鳴らしぐるり巡る隠されたようにひっそりと息づいていた北側の奥茶室のちいさな円窓から中庭の菜園が覗く。ふいに潮のにおいが強くなる。屈んだちいさな足がひとつ、ふたつ、ここにもすぐに風がくる、最後のひと間をのみ込んで熱風は庭へ抜ける、低木に茂った青い葉を吹き鳴らすように目にもとまらぬ速さでいつの日も駆けていったのだった風の手、風の息に強く背を押され転がり出るこの家の裏手に見わたすかぎりの田園もうだれもみえないなにも、

（レミニセンス　nami no oto）

日差しが肩を抉る。

速度をおとした風に稲たちがさわさわと鳴っている秘密を語りあうようにいつまでもささやきあう声の波にのまれどうして歩いてきたかなどわからなくなってしまった起伏のないこの道、どこまで行っても途切れることなくつづく風景のなかゆれるちいさな影法師。

倒れたわたしを見つめかえす彼の目。

ゆらぐこの時刻に。

突然の夕凪。

抜け落ちてしまった無音の。

ぼうっとした動作でふりかえる。

あの家が見える。

風が止んでいる。
取り残された。
なきがらのような声。
立ち上がり。
歩き出す。
舞い落ちる。
蝶の翅が。
拾えない。
歩き出す。
もう夕餉がちかい。

稲、稲の穂、ざわざわ、波うつ、青い穂の、群れ、青の海、あおたなみ、

　　ざわざわ、ざあざあ

　　　アオタナミ

　　　　さあさあ

　　　　　ao　ta　nami

波流

はる

波留

綻びをそのままに、閉じる家まで。（まるで浮島のような。まるで、誤植のような）（え、なに？　きこえない）時間の帯が波打ち流れ、草々の足もとを攫うたび、暗緑の淵は戸惑いながら深まる（そらみみの）土地の記憶を開いてゆくように彼がささやく。夕顔を握りしめていつの間に耳もとまで来ていた。この時間のことを物語るたびおなじ顔であらわれる彼のまなざしがゆっくりとわたしの額まで届く。視界が翳る。なにかを言いかけて、でも言えない。とおくかすかな雷鳴が（あまく）胸を突き抜けていった幾筋も（泣きじゃくる子ども、涙の跡）なみだのあとの。瞼が。まばたく。その遠さをいま、わたしの影がわたしより先にたどっていった。ずっと待っていた。ずっと見ていた。ここはじまりの記憶のもっとずっと前から暗い。そんな気がしている。目を伏せる（きこえない）彼のことばに耳をかたむける。

迷い込むほどにあざやかになる手触り、ふれているときはもうふれられている。わたしのおぼえている彼はあなたに似過ぎている。なぜなのだろう。知らない記憶が幾重にもかさなり、だれのものなのかもうわからなくなる。
眠っていたのは彼、それともあなた、
それともわたし？

（きこえる）


シャボン液の入ったコップにちいさな羽虫が浮かんだり沈んだりしている風のない一日。

思考をむすぶ糸が細くてひとつの遊びに長くとどまっていられない。

あかむらさき色の名前を知らない花を摘んできて色水をつくった。

干乾びた道路の割れ目に沿って水を流す。

背中をつたう汗のように水は静かに流れてゆく。

めぐる夕暮れ。ゴム段、チョークで描いた輪を進んでゆく片足跳び、
西日に透ける髪が暮れ染まる時刻を拒んであえぐ、

（牛乳　一本用意　して
　　ぐるぐるぐるぐるぐる
かき
混ぜ　て
　　　　ぐるぐるぐるぐるぐる　　　　冷やし　　ます
　　もり　なが
ぐるぐるぐるぐる
　　ババロア）

回っているのそれとも跳ねているのそれとも
逃げているのか　　　　　　　　（なにから？）
鬼の子が　百　数えるまでに　　（あの子はだれ）
散り散りになってみんな　消えてしまった　　（鬼をやってい
　　　　　　　　　　　　　　　　　　　　　たあの子は）

彼が百を数えるまでに
わたしはここでひとりになる
ひとつずつひとりになるじゅんばんにふるいほうから
（みんなどこへ行ったの）

縫い合わされてゆく時刻。
飛ばないうちに落ちてしまえば
飛ぶということも知らないままに
（あの子たちみんな）
まだ遊んでいたい。
だれかが呼ぶ。
こたえられない。

ひとりになって
駆けてゆく足音
いつまでもちいさな扉を出たり入ったり
離れられない。

（だれに拾って欲しい）

夕暮れを抱いて赤く
草の燃える庭に覆われる家
照らされてあかい彼の横顔、その輪郭を
落ちた花で描こうとしていた
その時刻がくると
すべてのものが金色に染まった
まぶしく目を細める、
（そこで揺れているのはだれの影？）
色のない折り紙でちいさな舟を折る
彼の仕草がどうしてか
一篇の詩のように
思えたとき
（あの舟に
　乗るのはだれ）

（まぶしく）

生まれてくる予感だけで
嗅ぎつける闇のほうへと
曳かれてゆく背中
見えてくる
光の遠方から
もっと
遠ざかるように
その場所で
（その場所では
　だれもなにかを思い出さない）
思い出したりはしない。
ふりかえったとしても見えない
くろく塗りかわる帰り道で
裂けたわたしの羽根を

（拾うのは彼だ）

きっと知っていた、何度羽化したとしても
かならずおなじ場所が傷付いていること
舞い落ちてゆく残り香をかぐように指でたどるゆっくりと
こうして年老いてゆくわたしたちの月日をここで
見送る？　突き落とす？
わたしたちはどの奈落まで走って行けるか――

ぽん、と音をたててなにかが開く
（それはなに？）
わたしにも見せて

古い木製の書棚を隙間なく埋めていた重く
美しい物語の数々のあいだに紛れ込むよう
にして一冊の日記がひっそりと息づいてい
たそっと引きだして埃を払うとまどいなが
ら開けばそこに記されていた記法のわから
ないなつかしい季節とともにかわいたにお
いのなかふたたび羽ばたいてゆくいっぴき
の（その背に沿い）いきをふきかえすわた
しの（おさないまなざしが）ふたたび窓の
外へとながれてゆく、そのまま、どうか、

わたしを揺り起こすしずかな波音に似たあなたの手のぬくもりに
音の出ない落書きの音符が溶け込んでいる
肩にあずけられたひたいのおもみ
ゆっくりとおちてまざりあうあなたとわたしの視線を追うようにや
がてわたしたちを抱きかえすおおいなるぬくもりの

その両腕の中で。
かたんとかすかな音をたてて、物入れの蓋が開く。
（わたしにも見せて）
眠っていた追想が
音楽のように
流れる

まだあかるい空
とおく
雷鳴は落ちる、落ちつづける

歪んだ裂け目をほどいては編むこの季節の指先からひとつ、またひとつ
すべり落ちてゆく光の記憶
わたしたちがたずねるたびしずかに息をふきかえす
ねむりのなかをねむりつづけ
透き通ってゆく面影

わたしがだれであったかも、もう

（どうか名を呼んでください）

鱗粉まみれの光る手でたがえることのない約束を抱え、膝を抱えて
そのままの姿勢でこんこんと眠る
軋む光の道を這うようにすすむ
この舟がいつか抜けるだろう深い闇
その先にあるものはなにかと
くりかえし
わたしたちのまなざしは問う
鳴り止まない鐘の音のように
何度生まれても
（なにをうしなっていても）
金色に染まる稲穂の海からはるか落とされる
高さで
共鳴する空に目覚める、いつも、いつでも

わたしたち、ひとり、
（ひとりになる）
ひとりの子が、
ちいさな耳の穴に住まう生きものの
羽ばたく音をいま、きいている

（あたらしい木材のにおいは、春のにおい）

＊ビクトル・エリセ『ミツバチのささやき』より

連弾

（きこえてくるのは）
（なんのおと）
（だれのこえ）

音のない真昼
いつまでも座るもののない椅子に
間隙に
　　あなたを迷い込む
届かない単語を束ね。火にくべる。

立ち昇り幾筋も垂れ下がる
　耳の生る木
　　生い茂ってゆく枝葉のようにいま

　　　（ことばが）

きこえた気がした。
耳の奥で罵声ばかりが大きく肥えてゆく夏の日。
かたく蓋を閉めた水筒の中で氷と氷がぶつかっている、重く冷たい音の隙間を汗が流れて
ゆく追いかけるようにうすいシャツのした、背中をすうすうとなぞる指は羽根をさがして
継ぎ目をさがして、尖る骨のくぼみにふれる斜めがけにした鞄の底がつめたく、

　　　　　　　　　　　　　　　　　　　　　　　　　（濡れてしまった？）

国道沿いの一本道を歩いてきたつもりだったがいつの間に間違えてしまったのだろう、見
たこともない山道、とつぜん切り取られた暗がりの真昼にわたしたちはいる、迷い込んで。
さっき夏の陽に射抜かれたばかりの背中はナツグミのとげを思い出してすこしふるえてい
る。

（こわいと思ったことを　わすれたくない）

水筒の蓋をたしかめる。大丈夫きちんと閉まっている水はここに。
氷がからからと鳴る。
鳴りつづける。
歩いてきた道は影になりわたしたちを沈める。

影の底でわたしたちはスケッチする。

この鳴り止まない耳鳴りを
はやく飼いならしてしまえ
羽根なんて　なかった　のでしょうここには

辿り着いた時刻。
交互にすくい取る砂の中心で頼りなく左右にふれている木の棒を熱心に見つめている。
砂をかくごとに言葉をうしない。わたしたちは没頭する。

（倒れたら
そこで
おしまい）

なにもかもを忘れてしまった時刻。
暗くなった指で声を弾く

あなたはだれ?
(だれの指?)

「その声をもう思い出せないほど忘れているあなたのことを
これ以上忘れてゆけと強いる旋律を
あなたは最後の一音まで弾けと言うから」

おわりのないこのレッスン
あなたと出会う前のわたしの顔を思い出せない
どこへ行こうとしていたのだろうわたしたちの
手足が折れ曲がるほど歪められた
あの壁に飾られているのだろうか忘れられて
となんども語りあった最後の教室

あなたとわたしの
あなたのいる風景を思い出せないように
ここを出て
わたしたちの風景は
そのままのすがたでいまも
苔むした水槽を泳ぐ古代魚の瞳

あなたの落とす言葉は水のにおいで　　廊下を走り去るあなたのことだけがいつまでも
繭のなかでの仮死を　　　　わたしたちは習熟した
歪む時空の暗渠に　　　　ちいさく迷い込んでしまいながら
失語することさえ　　　とつぜんの幸福でもあるような顔で
弾く　　　　　　　　　　弾きはじめる

このとおさをわたしに　おしえる

目覚めるたび、違う場所にいる、
窓側のいちばん後ろの座席、息苦しく眺めている頬杖をついたまま（なにを？）
見えないものを、わたしたちはつかみとろうとするたび年老いていった長い廊下を歩きつ
づけて、
突き当たりで肖像画を覗き込むとき古い時計の音を叩き壊すもうひとりのわたしが見えた。
もうひとりのあなた。
わたしは先頭で落下してゆく。

「きつく眉を寄せた少女の横顔を通りすぎた
なにも見たくはないと目が語りだしていた
あの目には会ったことがある
世界を伏せてゆくのは
あのちいさな拒絶の描く褶曲の連続なのだろうか」

かならず感得したものは赤色だった。思い出される暮れなずむ時刻よりもずっとあざやかにぬれた赤、あの夕暮れにだれかがさけんだするどい鳥の声で、それは左の耳に居残りするいつまでも消えない通奏低音となって。

わたしがなにかを言うたび、声のうしろからあの叫びがこぼれ落ちていった。

澱んだ季節にこびりついて落とすことができない色。表裏のない一枚の陰画が土煙の向こう側へ舞い上がるのを見た、きれぎれの音とともに、ほら見て、ふりかえればそこにはあなたがいるはずだった。でもだれもいない。

静かに笑ってみせる。

「ピアノがこんなに孤独な楽器だったなんて知らなかった」

残念そうに残ったあなたの横顔は
あかるい方角を言い当てることを否定して
遠い記憶に佇む朽ち果てた塑像のようだった
胸がつぶれそうな景色だった

わたしたちはだれと言葉を交わした、
「とどめをさしてやろうか、
ここまできたら
みてはならないものを
みたならそのくびを
かみちぎってやろう
しずめてやろうしずかに」

静かに

生まれる前から傷付いていたあの生きものの羽化を
泣き出しそうな手をつないで見守っていた、息を止めて。
この瞬間だけが美しいと決めたのは
わたしたちもすぐに飛び立ってゆける窓が開け放たれていたからだった
ほかのだれも追いつくことができないほど壊れていたもの。その名前。

（書かれたものたちが頭上に降らせる蝶の翅に似た言葉を書きとりながら
あなたはしだいにちいさく軽くなってゆく）

この張り出した装置をわたしのために
たたきこわしてしまいたかった
（あなたがはじめて語ったあなたのことばを）

静かに

終礼する。凍りついたように引き攣った頬。
放課の直前はいつもこわかった。わたしの指先はあなたのことを忘れたことがなかったので。あの空白をひとりでは埋められない。あなたに対し祈るように挨拶するわたしの耳はあなたのささやく声をいつもきいていた。いつも。その静けさがこわくて。硬直していたのだいつも。

あなたの声。

きこえなくなった羽音。

誰かが花瓶を落とした教室誰かがビーカーを落とした実験室誰かが最後の一音を落とした音楽室。
誰かが本をめくる図書室。
誰かがめくる、だれがめくるのか。

めくられてゆく、光の頁の裏側であなたが笑う
置き去りの放課後、置き去りの遊具。雲ひとつない冷えた青空へとつづくトランポリンの

うえで跳ねるあなたの背のしなり。はじめからあいまいでばらばらだったもの。笑顔。
地面に足がついていないときは
だれにも見えない透明人間になるよと笑う。
あなたが跳ねる。
あなたが見えなくなる。

突然明るくなる視界の中心からぼんやりと白く
抜け出した笑い声がゆれて耳たぶまで届く
冬晴れの屋上
黄色いゴムボールを高く高く蹴り飛ばしている
級友たちとの
最後の遊び
奇妙な円筒形の建物からは
わたしたちの歩く道は見えなかった
笑い声だけが空へと送り出されていった
いくつもの
みずみずしい足音とともに

校舎の窓という窓から
　　音もなく飛び立っていった（人影が）
　　　わたしたちがガラス瓶を等間隔に置いていた窓辺
　　　　わたしたちが切花を丁寧に飾った
そのすぐそばで優しい足音（きこえるはずのない）
（だれの？）あなたの気配はいつもわたしのすぐ横に佇っていた
凍てついた頬から笑いあう声が束になって溶け出していった

青さの只中を
またたれかが遠くから眺めている

わたしたちが日ごとにもつれた水たまりは深く
晴れたあとも水はずっとそこに在りつづけた
不透明な水
あなたは顔をゆがめ
毎日覗き込む
毎日

毎日そこに雨は降っていた
まぼろしというにはあまりにも冷えた泥のにおい

指をとられて。
ミス、また。

重なりあうことのない音を追い求める日々、
半音の幕がいつまでも上がらず、ないものをつかむ仕草であなたに野次をとばしたのは
（わたし）
そして食い入るようにあなたへとあなたの領域をなぞりだした
（わたしが）

出口も入口も見つけられない
ここではないならばどこが正しい
陽射しに閉ざされた記憶の扉、その鍵を
どこに捨てたのかもう拾えない
掛け金も真新しく

幾度も訪ねた夏の日に
　　　とまどい、遊ぶ

首を傾げるほどにかけかえられてゆく窓
花が落ちるように静かに
だれかが飛び立った
（あなたのような人影）
中空に
翻る背中が
白い
眩む

穴のような空白。

「ともにいたことさえも嘘のようにさみしいと」

帰り道、野草の名を言い当ててゆくあなたの声はときおり耳のすぐ側からきこえた。おさなさの残る、けれども輪郭はなく。声というよりも光に近かったわたしは目を細めるようにしてそれをきいた。コハコベ。トウバナ。カキドオシ。モジズリ。ナズナ。ハルジオン。

これはなに？　それは？

　消えかかる窓から手を振っている途中
（人影がまた）
声を燃やして
白い灰に、
もっと　見えなくなるまで白く
（あなた）を生やしてゆく森、切り株だらけの

　　　　　　　　（伐採しきってしまった）

季節を踏んで歩く、あなたの面影が彫り込まれた跡地ばかり
ほとんどの空欄をもう鉛筆で塗り潰してしまった

　　試験の終了を告げられたとしてもずっとつづく問いを抱えて
　　教師の声に起立して発言できることなどあるはずがなかった

離れていった声がざわめき、日々に生い茂る、
ミス、
ミス、

音がこぼれて
四つの手で不安な音階をかけのぼるわたしたちは
　　　言葉の枝から　　　　見ている（そこに腰かけて）

見ているあなたは中空に揺れる風のないブランコに腰かけたまま揺れる、
変声することのない瞳を膝にうずめて（見ているずっと）
　まだ揺れている

ままならない、しだいに落下する

落ちてゆく空を追ってしなる背ひるがえる翳、
いちもんじに切り開かれてゆく視界
伸びる日没の領域にとらわれ、骨も影も赤くなったわたしが耳を澄ませている
澄ませながら、風にむかい両腕を広げていた
その姿は
人からすこしだけ離れていて

わたしは転調する。

　　わたしたちの会話するいくつかの季節
　　書きとり（書きとられながら）
　　眉がふれあうほどの近さでいつも　　話した

　　　　鞄に収まらないほど分厚くなった辞書
　　に載ることのないこの時刻
　　　はみだし、そして生まれてくる
見えなくなった場所　　見えなくなった地点

そこから羽ばたいてくる（また人影）
あなたはいなくなる
中空に残る椅子
見送った空で
一緒に行くはずだった
うすらいでゆく星の光を
いとおしそうに頼りない指で幾度もなぞり。
（砂のようにわたしをすべり落ちていったあなた）
なぞりながら
静かに

静かに
あなたは佇む。

熟れた夕暮れがどこまでも溶けてゆく帰り道、ひとりきりの。
知っているこの道のことは。
この道にいつまでもバスは来ないだからいつまでもこの夏の日はおわらない。

（終わらない、終わることができない）

　　　いなくなったあなたを

　　最後に見かけた（停留所　だったろうか）

　水彩画のように淡い少女の群れを過ぎ

うだるため息がねじれて落ちる

（収穫の季節に程近い

わたしたちの窓にはもうずっと絵に描いた空がはめ込まれている）

行き先はないまま

　そうどこへ行こうとしていたかなどとっくに

とうの昔に

忘れてしまった。

いや忘れてなどいない。

知っている。それだけだ。

あなたの声
に挟み込まれた
（わたしのもつれた影、やまあいの暗い道を帰ってゆく不安げな後ろ姿
を見送ったときの）
かさかさに乾いていた木の葉を踏み荒らして走り去っていった

季節を追う肌は冷えながら羽音を記憶してゆく

冴えた温度の中に影を置き
影のない日のことを思い出しながら
座り込むわたしはうつむいて眩暈を遣り過ごす

沈んだ時刻に耳を澄ませ
ふやけたあなたへの切符を手のひらに張り付かせて
（握りしめた、）

どうしても
行きたいの
切り離された時間に
間に合ってください

あなたがわたしにあたえた言葉ばかりが
どんなものにも屈折することができない音楽となって

あの日からきこえていた、あなたの
あなたの知らない音楽となって

　　鳥によく似た飛行機のかたち
　　破れてゆく青空
　　整列し　立ち昇ってゆく
　　　白いあれは

あの日の
　　　　　ピアノの音。きれぎれに
　風の入る四階の角の教室
　とがった白い横顔（あなたの、それともわたしの）
　指がすべる　空へと

「間違いだと気付いても手をとめてはいけない。おわりにはできないのです」

すべてのものが溶けてひとつになるような日差し
名付けられることのない太陽

南中高度の暗がりを避けて迷い込む
閉じられた真昼へと
　　（影をうしない）

校庭の歓声を燃やし　　　　　　　　この木骨を燃やして
たちのぼる煙が　　　　　　すいこんだわたしたちを透明にする

笑いあう　声　が
　　　　　　　　　　とぎれる、
描いた夢のつづきの（終わり）
　　断裂をかさね
　　堆積するこの時刻
　　休むことなく
　　札を替え
　　（札を鳴らし）
　　だれかが呼ぶ

あなたを
（あなたの名前を）

きこえる、

伴奏の左手にあわせて
おなじ場所で立ち止まるすべての音
そこに閉じ込められて（いたの、）

そこにいたの、そんなところで
そんなところからあなたは降車のベルを鳴らす
きこえる？
いつもここからあなたの影を見ていた――

ここではないというのなら
あなたがわたしにたくした
もえあがり
折れた右手の
わたしたちの理解されることのない
声を宿らせるのは
育てるのがいやになったら
伐採して
書きとり帳の頁を
灰や
ふたたびなぞられてゆく
ふたりで呼びとめたものたち
刈り取り
そして奏でる
あなたの降りた場所

書こうすべての行き先を
水槽を泳ぐ魚たちの肺のかたち
ひるがえる
ちぎれた羽音
花はあふれて腐ってしまう
真新しい木札に
かまわない
育ってゆく単語を
うめつくしてゆく記憶
煙の
いくつもの名称
ふたりで見送ったものたちの
摘み取る
ようやく思い出す
最後にたくされた

あなたへの　たしかな

「この旋律」

音の降りやむ机上
燃え尽きようとする辞書とあなたの
はるかな遅延にもたえうるこの季節
置き忘れられた白い場所に
においもなく花が咲いている
影の言葉をいまきいている

石炭袋になにを置いてきたのか
もうたずねない
わたしの足では辿り着くことのできない場所で
さがしだされたあたらしい時間のことを

どうか弾いていてください
のこされた手
十限りの指になっても
これから生まれる音が最初の一音に近付くことを知りたい
たえまない無音の波を
生き延びてゆく
わたしはここで
祈りの譜を静かによみつづけている

Ⅲ

我がカムパネルラに

愛

そこを開いてはならないとあなたはいう。
なにがあるというのか。
なぜ降りてみたいといまは思うのだろう。

＊

置き忘れられた過去にかぶせる
盲目の鳥たちが織るひとつの幕から
音楽のように流れ出す
薄桃色の朝もやに囲まれて
まだくらい目をしている

ささやきがさみしく打ち寄せる
壊れた時制のプールを
いつでも溺れてしまえるように泳いだ
片側だけが鳴るヘッドフォンからきこえる
人ではないものの声の
閉じてゆくアラベスク
壊れたくて壊れたのよ
と笑った
見知らぬ声に耳を澄ませながら
不可思議なかがやきを放つ名を
くりかえし呼んでいた
わたしの声で開かれるのは
あなたのまなざしの遠路を端から辿りはじめている
灰のにおいのする記憶か
青ざめたわたしのまなざしを受けとめるあなたの
ぬくもりをうつす腕なのか
その無限から無限に逃れていたいと思う

孤独ですか、そこは
そこはわたしが幼年の影を踏んでいた
遠い焼け野を見るような
人の声が
生まれくるような泉

記憶をめくるたび
あなたからはぐれて
書物の暗がりに迷い込む
かかえた膝を持て余し
叫びだしそうな劣情のゆくえを
ふるえる身体で思いあぐねている
一顆のこころ
おまえはひとり
来たるべき季節のために
凍てついた時間のうえに立って祈れ

それはだれの、
誰の声だったか
音もなく翳り
はるかにあおく
はるかにとおく燃え尽きてゆくのは。

告知の浅瀬を
代返する者がわたってゆく
遅れて耳をひるがえすとき
素描の窓辺で午後が傾いで
吊るした木の札がいっせいに風に鳴る
あお、あお、あお、
降りしきる
残響のむこう岸に
冴え冴えと降りてくるのは
もはや誰のものでもない
わたしだけにたくされた風景だったかもしれない

記憶を閉ざして
息継ぎをくりかえす
横顔のまま絵の中に腰かけて
つつましく見つめる
あなたの遠い軸に
習熟するわたしの言葉を
傷あとのように残していたい
雲間の画廊から飛来する
なつかしいぬくもりの一群を
日差しの深度でまぶしく
ここへまねいて
時を踏み外して
めぐることなど
やがて声は降りやんで
風が地平線を押し上げる
目を開いたままでわたしは
なだらかに歪む遠景のはるか果てまで

しんしんと泳いでゆく
波打ち際に迎えが来て
あなたは光の手に包まれる
そのすがたに
眩暈のような
韻律を思い出してしまう

あなた。あなたは。
あなたはこんなにもわたしを惨めにする。
あなたは誰なのか。

*

風になりたい、
虫になりたい、花に、空に、海に、星に鳥に歌に。
あなたは。

あなたはなぜ。
こんなにも強く知らせるのだろう。
何度焼き切れても見ることから離れないその目で。
わたしに与えつづけてくれる。
引き下ろされることのない瞼であなたがいう、
愛するために日々がつづいてゆくのだと
愛するたびに深まるこの影、
わたしたちの影のゆらめき。
さまざまなものたちが降りてゆく
あなたのものいいたげなまなざしの中で
いま
待ちわびていた言葉が開く
騒がしいほどの光の祝福
わたる声に導かれ
わたしたちのはじまりがここであることをたしかめる

青い草の波をこえて

やがて衰えてゆく色彩の岸辺
風が吹き抜けて静まりかえる
消えかかる風景の中心に
たったひとり
薄明をこわごわと宿して
わたしの鼓動が近付いてくる
澱みないリズムで
くりかえし
くりかえし
鐘の音は響く――

あなたは生まれてはこない
とわたしに答えさせる
そのためにこの次元は絶え間なく
透過し得る悲しみの羽音をかさねて
一片また一片と

わたしを払い落としてきたのだったか
語ることのできない未明に降りて
あなたのまなざしと
言葉なく出会うのだとしても
ここにいたい
たよりなくねがう
祈りに似たため息をおとして
わたしはこの次元に生まれたい
生まれていたい
何度となく
もう
伝えられなくても良い
死んでしまうことは、親しい
すべての誕生の速度に
かたわらに立つ
あなたとおなじように

沖
に
うか
ぶ
闇の
瞼

かすか　な　光の
生誕を
ささやくように

「きいて」

遠い一隻にあなたを見た気がして、
目を凝らしていた

沈める歌の底から

灯されてゆく
感情
の
波形。

「ここが現実だよ。」

（ここを越えてゆくひとよ、）

あなたの見え
なくなる影を
ここで
見送
る

薄らいだ日めくりをめくる日々、
はぐれるばかりの貝の隻影に耳を寄せる。

歌う人

どこからともなくわきおこる
拍手の波形に揺り起こされて
はなれた岸で
草花にもたれかかりながらききとっていた
いまはもう
つたえるひとのいない
凪の壇上から落とされる歌
たとえば
あの暗く冷えきった日々のどこかで
たったひとり

なくしつづけてしまうのだとしたら

血の鮮やかさでとめどなく流れ
五線からふいにたちあがる
失語する速度のエコー
（明けがた、遠い異国の、景色
（パオロとフランチェスカのため息
（古い映画の中にあった
（あれは一緒に見たのだったか
どしゃ降りの闇に火を灯す
薄明の湿地に佇むひとは
まだ名のない楽器を腕に抱いている

今朝、停留した雨のくずれた水音に目覚める。
夜のうちに手足は他人のものに取り替えられてしまったのだろうか思うように
動かすことができない、ぎこちなく持ち上げた手で垂れた髪を耳にかけるその耳許からゆっくりと弧を描き漕ぎ出されてゆくちいさな舟、かすかな気配をたどりまるで生まれて間もない動物のようにそろそろと身を起こす。冷えた肩を抱く感触。闇の中を摺り足で三歩も進めばもう壁に触れるこの部屋の窓はとても小さい、ふいにわたしは（予感する、）秘密を打ち明ける手つきでカーテンをひらくと街はなく、煌々と白い、透明な響きに覆われた季節が広がっていた。だれもいない。

どこかでたったいま、光る枝から果実が離れたような気がして、耳をそばだてる。翼をもがれた音、射貫かれて落ちる音、盲いて見る水のようにあふれさせる思いの、思われて忘却する、ことばの渦にまかれこうして対岸まで（どうかこの舟をわたして）
おそれの中でひとつの音をさがす。ラをえがく。

*

奥深い、抜け出すことのかなわないまどろみの波が寄せてくるどこからか、曳かれるまま流されてゆくその先にゆらぐ窓が見えてくる、あふれる光に境界をなくしているたよりない（その窓をひらく）目前に現れる春の眠気。のっそりと動きだすバスの中に（ひとりの少女）日当たりの良い後部座席でぬくもりに意識がほどかれてゆく誘われるまま、ひくく振動するエンジンの音でなにかを思い出しているゆらゆらと頭に浮かんでは消えるある音域（その暗さに）あたたかく射し込む陽が座席をはね、吊り革をはじいてはせまい天井をはしり、やわらかく組んだ白い手のうえにこぼれてくる。うわずみを焼き、午後はいつしか踏みしだかれた二月の冷感を奏ではじめる、大きくうねりながらつづいてゆくバス通りを見えなくなるまで並走している広々とした川面でいま、夥しい光の粒がいっせいに（ひらめく）翳るまならうらの無音に一瞬をおもう（だれかのすがたをいま見た）そうしてもうわからなくなるこのバスが走るのはいつもの道なのかそれともあの川のおぼれそうな光の波間？　まぶしさに息をつげない（瞼を引く）明るすぎてくるしい（あれはだれ）ふいに触れられそうになり身をすくませるたしかな出会いにおびえているなつかしい青ざめた顔をして、あなたをおもうたびこの座席からまぼろしの花片で瞼を閉ざす少女の面影を追いかけている追いかけてしまう、変形をくりかえす眠りの春こんこんと流れてゆくちいさな舟に腰をおろしざわめきたつ肌をなでているやがてわたしの岸辺が見えてくる、暗い川べりを駆けてゆく子どもたちの笑い声がこだまする（気

いる）

配）きこえるはずのない音の数々にあなたは含まれている（あなたは見つめて

　　息づく螺旋を迷いながら地下へ――

水に濡れた階段をつたい降りるすぐに腰までふしぎなあたたかさに包まれ

（ひかるみなもをみあげて　（生まれて）

かすかに

地獄の風に　　もがれた翼で　　鳥の　　鳴く　　こえ

　　　水の底から

ゆれる

　　　　風の花首

拡がる波紋　（気配）

　　　　　音もなく、トレモロ、歌いだす、親しく、離れる、

ラ、ララ

　　　（だれの？）

（（（あなたの　　その深さまで

（（たどりつけるだろうか

（（（　　　（（（ゆらぐ髪、てあし、ことばやがてほどけて

（しずめるその声に

（くみつくせない夢の翳へ

音だけが

たどりついて

はぐれてはひきかえし

ひきかえしては

ふりかえる追憶のなか繭となってねむるあなたの

水溶きのハレーションに抱かれて

（あなたはわたしのひかりのひとですか）

＊

静かな目で。あなたは抱いている。うすぼんやりと白く灯る弦を弾き歌いはじめる。わたしはそのふるえに耳をかたむける。時のうつろいを後ろ姿のままさ

かのぼる景色は遠く（耳、という乗りものはなんて不思議なのだろう）思い出される季節がひらくここから（いつの間にこの流れを選んでいたのかわたしたちは）浮かべた舟の名を見守るように漕ぎ出していったふたりで、離れてしまいそうになるたび身体を呼びかえす響きに力を抜いて漂うこうして（まばたく）言葉の影にもつれては撃ち落されたように烈しく軌道を逸れていった光の名を目をひらき追い（鳴りわたる）降りそそいだ記憶の水面にあなたがふたたび影をうつすそのとき（翼をひらく）はじまりの音をここでわたしはひとり見届けていたけんめいにきいていたのだ身体の閾も言葉の閾もこえていま（つきぬける楽音になる）あなたの全身はたえまなくひかりの粒子を生みだし（まばたくたび）そのかたちはこわれて（ひかるみなもと）はかない明滅をくりかえしながら鳴ってゆく鳴り響いてゆくしだいにあざやかになる音は光、光は音へと変奏されるここでいまあなたを含みまばゆく（エーテルを叫べ）わたしの中心をもえあがるように流れはじめるこんなにもせつないこの歌にわたしはただ触れたい、けれどこの水脈はもう（たどれない）はてしない音の波間にただひとつかき鳴らす光の標をつなぎ（あなたは歌う）放たれたばかりの空を昇りつめてゆくだろう（みえない星にふれるだろう）流れる旋律は蛇行するはるかな時をしずめるゆらすそのまぶしさに目を細めては、

いま、ここを往還する光のさざめき、それをきくために
眠りの仕草で言葉をとじる、草花をとじる

(そうしてみるともう
　わたしの耳はあなたの声のほかになにもきかなくなった)

息絶え
　ねむる貝たちに寄す
　　しずかな音楽
　　　ひらかれた天窓から落とされる
　　　　七色の水に
　　　　　ゆれるわたしたちのはしゃぐ声
　　　　　　夢をおしながしてゆく
　　　　　　　長い物語の
　　　　　　　　向こう側へ
記憶の終わりに立ちあい、静寂の美しさにわたしたちは泣いてしまった。

無声の嵐に抱かれ、あなたの隣でわたしは、あなたの胸の中の風景を見ていた。だれもいない真昼の海のような、波打つ草原に、乾いた口笛の音がいつまでもいつまでも翻っていた。

（つたえようとすること、なにひとつつたえられないということのくるしみのためにうたうのでしょうかあなたは、いいたい、いえないことばにおぼれてひとつ、またひとつことばをなくしてゆくように。やがてそれはひとのことばではなくなり。）

あなたの身体にたしかにやどされていた愛の、かなしさの響く譜をいつか、いつのまにか、たくされていたのかもしれなかった、

*

舟を降りてあるく
暮れはじめたばかりのおだやかな坂道
旋律はいつもここに、

この場所に流れていたのか
たどりつけなかった約束の墓標が
きららに風にそよいで
花のなつかしさをにじませる
満ちてゆく水の気配とともに
こうしておもいだす
ここを通るときにだけ
わたしだけにきこえてくる
あの声の羽音
永遠の開放弦
予感にくちづけをおとし
笑むように歪ませた顔がいま
地平にひとしく放熱の目をひらく
(とどまることなく流れよ)
まぶしく手を伸ばすわたしを
岸辺で見ているのはあなただろうか
わたしがあなたを見たあの岸から——

こくうすく
　爪弾かれてゆく水のほとり
　毀れた旋律は流れる星のように
　　星の言葉で
　　ゆれる
　　ながれる
　　なつかしく
　けれどあたらしく　　　　　　　　　（あなたとわたしの境界に沿い）
　もえつきてゆく
　ことばたちの長いゆめ
　ささやかな弦のふるえに
　　共鳴する
　いくつものことば
いくにんものわたし　　　　　　　　（身を捧げることをいつも厭わないあなた）
溶けてゆくしじまの稜線
　忘れられ
物語は

よみがえってゆくだろう　　　　　（これに幸福という名をつけよう）
　（遠いところ
　とても遠いところで
わたしたちは呼びあう）　　（この薄い暗い坂道のような川は
もう帰ることはない　　　　　きっとどこまでもつづいていて）
引力の斜影をたよりに
あなたのやさしさの源まで
　身体をゆだねて　（あなたとわたしの水面を裸足の光がわたる）
　流れてゆける

（あなたがはなつ
どこまでものびてゆく最後の一音に耳を澄ませて
あまりある無我の
ほのあおい響きをのぞきこんでいようわたしは、
わたしはあなたの望まれたいとなみのまぶしさに
このちいさな一生をかけておののいていたい）

＊

記憶に降りこめられるとき言葉をなくして。
あなたの微笑みの形影を
書きとるために見つめかえす
わたしの抱えてきた音のないひとつのしるし
鮮やかにしろくあかるいこの楽器、
奏でることのできないたちくらむせつなさを
うでにかかえかなでることのできないわたしを
なきだしそうなほどあまくつつんではここから
いっしんに追うながくやすらかな午後の前奏
寄り添い流れてゆくなだらかなめざめへと

いまうわごとのようにまばたき
夢の水際にふれるあたらしい日差しに踏みだして
その影をつかまえる
親しいあなたのすがたをおもう

（いつかここへおいで）
剝がれ落ちた時のことづてを
つなぎあわせる
そのまぶしい声
（そのはるかなゆくえ）

（いつかここへおいで、）
花霞の岸のほうから歩いてくるひとよ
あなたの歌とともに
つぎの晴れ間をわたるだろうか
わたしもまた
一羽の声に生まれて

日だまりを漕いで往く
日々のすべてをしずめる感情の瞬間
ふいにこぼれる言葉はこの岸にふれる
最後の音階、そのうえに立つあなた

（ここにいて）
たがいをまっすぐにあずける
純粋なる欲望、生きるかたみのようなその
輝く一対の瞼、
（ともにいて）
ときはなつまなざし、その光を、

エチュード

瞬間、舞い上がる幾千の紙鶴がいっせいに羽ばたく。
巻き起こる無音の風。あとに残されたのはオリーブの古木だ
った。夢のような大樹。鬱蒼と生い茂った葉が風にまかれご
うごうとひるがえると、葉裏の銀緑がせわしく明滅しながら
踊るように順ぐりに灯り、やがて木の全身を包み込むと眩む
ようなあかるさで燃え上がっていった、
(光のうつし絵を見ているのだ、)
よろめきながらわたしは見とれていた。

実っては静かに落ちてゆく字形の数々、熟れて待つ記憶の果
樹園から、まばたいては閉ざす木々の瞼にあなたとわたしで
描いた言の葉、風に吹かれた場所にふたたび実ってゆくため
の一対の深いまなざしに呼びかける
（ここにはもう帰らないものたちの、）
帰らなかったものたちの声を模して。
根の巡る先、その地面ごと包み込むやすらかな手がある――

なつかしい顔。ふたなりの言葉。からみあう螺旋の。それとも。わたしたちは連れ立ってここへ来たことが以前にもあっただろうか。よく思い出せない。けれどそう、なつかしいかんじがする。

（すべてのかたみのように）
落とされた影を受け取る

かたわらに、こうして、けれどはるかに、ささやきあいたしかめる
ただひとつの言葉はやがて生い茂ってゆくだろう一本の木をだきし
めるようにひろげられてゆくだろう、あの一葉の絵の中に。佇むひ
とはあなたであるように。

（すべてのかたみのように）
あなたは瞼を伏せ、剝がれた時間をかぞえはじめる

「離れてゆく道を影の身体でひとり歩こうと思う、影の道、おそらく辿り着くことはできないだろう。これは、生い茂る枝葉の見ている夢なのだろうかいつまでも縮まることのない距離を知ってここはこんなにも薄暗い、心へとつづいてゆく夜明け、そのかたち、やわらかく編んでわたす風景を、あなたのまなざしがかよっていった、わたしはそれを見送り——」

「——葉陰から届く日没の光が細く白く、わたしたちのまなうらをもうすこし明るくする。ひとりは目覚め、ひとりは眠るやすらいだ木のしたでゆりかごはあの風に揺すられるだろうたくされたままの記憶を抱いてくりかえし、くりかえし、めぐる熱はからみあう枝をすべり落ちまた実をつける、昇ってゆくまなざしの木、その撓んだ枝にわたしは腰かけ、見よう、噛むように過ぎる日々を。」

旅の終わりに、幾度も失いかけた言葉を波の仕草でたぐる、わたしはあなたを。あなたはわたしを。ふたたび影のもとにかさねあわせてゆくだろう、めぐる春の営み、こぼれる季節の名をたがいの翼の痕にしるして。
夜明けに浅い夢の服に着替える。

春の錬成

身体がおぼえている道を、わたしたちはあるいている
地平で混ざりあう夜と朝
闇はときおり青く透けながら
ゆるやかに翻り光とも呼べない光を放ちはじめる
もつれた色彩を、こころがにじみだしたように見とれている。
音もなく呼び寄せられて
広大な夜明けへとわたしたちはそっと踏み出していた。

ながいながい休日をたずねあぐねた
気が遠くなる
迂回する帰り道
あの日見た光の中に
あの光はいま
わたしのどのあたりを擦過しているのだろう

音もなく雪のようにつもり
やがて
しじまを震わせる
あの声と指先のゆくえ
みちびかれて
わたしたちは花霞の画客となり
かつて描いた遠景の中に迷い出す

前を歩く後ろ姿に。わたしは呼ぼうとするのだけれど、声は届かなくて。なぜうまくいかないのだろうかと首を傾げた。
なぜ、うまくいかないのだろう、
影のうえに影がかさなり、影を押し隠そうと深く深く傾く。
深くしまわれたわたしたちの影の道。
伴奏する夕闇にいつの間に囲い込まれて。
わたしたちをここまで導いてきた者の息をすぐそばで感じ、その顔
を見ようと足を止める。

あなたの瞼のやわらかな丘をたどるとき
花は匂いをなくし。（この記憶にわたしはいつも躓く）
試みる。抜け出すために。（内側でも外側でもなく、水の気配の多い、
そう明けがたの緑の群に迷い込んだ肌が感じた息の温度、）
息の重さで。
けぶるような手触りに静かにかさなろうとして。
あなたを追いあなたに追われる、わたしは膜のようにこころを薄く
のばしてあなたへとかさなってゆく隙間なくあなたに触れてゆくこ

の手この指、これはあなたのぬくもりかそれともわたしの、たしかめるようにもういちど深く長く、満ちるその気配。

気配に息を止める。

（これはなに、この日めくりのあいだから滲み出てきたような空白は）

わたしはいまどうかしているのだろう。

狂うという感覚。その湿度。


なにかがおかしい、狂っているのならば、あなたをここで待っている受け入れる準備をずっと前、もう霞んでめくることのできない日日に既にわたしは整えていることを誰が（歪んでいてはいけない）（もっと澄んだ心で見よ）誰がわたしに教えるのだろう（おまえもまたささやかな謎であれ、と）ぜひ、ぜひと懇願する声が降りだしたことに気付いている、丁寧な仕草でなぞりあげる薄い紙のうえにのみ存在するわたしの憎しみが、あなたを殴りつける、澄みわたる暴力で、渾身の欲望で、あなたは美しい、かぎりない受容の交わされることのない熱がわたしたちをこうして目覚めさせる（ここへみちびいてきた）ふたたびまみえる、おだやかな午後に萌える否定の瞼を、見つめるわたしたちは嵐の中で抱きあおう（ぶつかるようにつよく）わたしたちはまったくべつの生き物だと、嵐の中で抱きあうことができるのだと。

（なにか、）あなたとのあいだにあるもの、わたしはそれが知りたかった。気配（におい）気配（予感）気配（八の字を描いてめぐる記憶）愛している（愛している）そう愛している、おとずれるたびくりかえし迷い込んでゆこうとする日々の終着する曲線、ここだよ、ここにいるよ、見えなくなる光の回廊をむこうがわへとわたってゆくわたしたちをくりかえし呼ぶ光波、誘う（呼ぶ）記号、文字、ふるえてもう読むことさえかなわない暗号のような日々のかなたから戻ってくる何度でも（ながいながい休日を）あなたは休んでいる、木の陰、木々の葉裏で（あふれる光に目を細めながら）
あなたのその横顔が窓から、注ぎ、かつてともにいとおしく眺めた風景を静かにたたえてゆく。
どうしたことだろう。
わたしを鮮やかに呼ぶこの感覚は。

（身もだえるせつなさは
あなたがわたしに与えたものなのかそれとも）

隔てるものはなにもなく――だが立ち入ることを禁じられて久しい
春の眠り、なつかしく響く音とともに消えていったひとの姿を追い、
声の届かないこんな土地まで爪先立ちのまま歩いてきてしまった、
見つめるこの不毛、くりかえし死んでゆくことの肥沃を見つめるわ
たしたちの自然の目、むせかえるにおいは日差しを含み甘く、言語
は生い茂る、蘇生するその手その指で、鬱蒼と出口を押し隠しなが
らくりかえし紡がれてゆく、喪失の記憶は咲き乱れ、この道を選ぶ
わたしたちは優しく、頬を殴られ、何度目かわからない目覚めの朝

に立つ、驚きにいつも見舞われる瞳でわたしたちは、追いつづけた言葉からあふれてゆくだろう、たえずあなたを反芻して、光に目を細めそしてわたしは倒れる、この道のうえに、声に、あなたの歌に折りかさなり、絵の中の旅人の姿でふたたび流れ出してゆく、音楽のように、わたしの失われた半身の、わたしの名を語る暗がりの一室の、追憶する稲妻の手で一瞬だけあかるく照らされた風景の、気配を漕ぎ、漕ぎつくす光の果てで、わたる愛のためにここでかならず開かれる瞼、光は脈々と継がれ、顔も名も知らぬ者の血にひとしく響いてゆくのだとすれば。あなたは。あなたはこれからどのようにわたしを語り出してゆくのだろう。ひとつの旋律を選びだすその手その指、そのぬくもりで。深いまなざしのむこうから。わたしはどのような言葉によって踏みしだかれ、傷付き、探し出されてゆくのだろう。

伝聞する
春から春へと
この
閉じてゆくひとつの窓

綴じられてゆく物語
あなたの輪郭に触れる
（かたちづくるために）
指先から伝えあう
（くりかえしここにしるされる）
わたしたちのはじめてのことばを
見渡すかぎりの嵐の腕で
なにものでもないこころで
いま
持て余すほどあつく抱きしめる
行と行の、はかない小道を駆けあがる
目の覚める濃い影に
落ちる影の深さに
どうかこの絶え間なく誕生する予感を沈めて。
わたしのゆるぎない転身を、ひとつの幕を、あなたに
わたしの知るすべての時を生き抜こうと疾駆する
そのまなざしの先へ春がめぐるたび届けにゆく

Von Herzen — Möge es wieder zu Herzen gehen!

Ludwig van Beethoven

D.C.

index

歌う人（うたうひと）

著　者　平田詩織（ひらたしおり）

発行者　小田久郎

発行所　株式会社思潮社

〒162-0842 東京都新宿区市谷砂土原町 3-15
電話03-3267-8153（営業）・8141（編集）
FAX03-3267-8142

装　幀　白本由佳

印刷・製本　創栄図書印刷株式会社

発行日　2015年11月30日　第1刷
　　　　2016年 2 月29日　第2刷